AF318184

NOUVEAU
NUNC DIMITTIS,

OU

CANTIQUE D'UN VIEILLARD,

À L'OCCASION DE L'HEUREUSE NAISSANCE

DE SON ALT.ᴿᴱ ROYALE MONSEIGNEUR

LE DUC DE BORDEAUX,

A PARIS, LE 29 SEPTEMBRE 1820.

« Un Enfant nous est donné par le Très-Haut; demandons au Seigneur, que ce Prince ne règne sur nos enfans que par la justice et par la sagesse, afin qu'il soit la gloire et le bouclier de son Peuple »!

Par M. THÉOPHILE MANDAR,

Auteur d'un MÉMOIRE SUR LES CAUSES DE L'INDIGENCE ET DE LA MENDICITÉ, et du PHARE DES ROIS, Poëme en XX Livres.

A PARIS,
DE L'IMPRIMERIE DE LEBLANC.

1820.

« Le soleil de la France a dissipé, à son lever, l'ombre de
» la nuit épaisse et lugubre qui la couvroit. Heureuse
» Patrie! habitée par un Peuple fidèle, Dieu t'a con-
» solée; de sa main toute-puissante, l'Eternel a essuyé
» les larmes de nos Princes; il a couronné de joie, il a
» ceint d'allégresse le front de ton sage Monarque:
» embellis-toi, en te rappelant cet heureux jour »!

NOUVEAU
NUNC DIMITTIS,

OU

CANTIQUE D'UN VIEILLARD,

A L'OCCASION DE L'HEUREUSE NAISSANCE

DE SON ALT. SE ROYALE MONSEIGNEUR

LE DUC DE BORDEAUX.

ÉLEVEZ-VOUS, ô mon âme ! Ma harpe, ma lyre, réveillez-vous ! célébrez la grandeur de l'Éternel et l'immensité de ses bontés envers un Peuple gémissant !

Aujourd'hui notre cœur prend une nouvelle vie ; un nouveau sang circule dans nos veines.

O combien ta naissance, auguste Enfant ! va faire d'heureux !

Princesse bien-aimée, tes yeux ont brillé d'un nouvel éclat; c'est la lumière qui luit sur les pas des élus; c'est la vive splendeur de la vertu du Très-Haut !...

Roi, Princes, et toi Peuple français ! célébrez les grandeurs de l'Éternel, bénissez sa sagesse, et chantez ses bontés.

Pauvres époux, infortunés enfans qui naissez d'un sein indigent, vous n'êtes plus orphelins.

C'est dans votre souveraine puissance, Seigneur, que le Roi se réjouit. La joie extrême qu'il ressent vient du salut qu'il tient de vous.

Vous avez, ô mon Dieu, rempli le désir de son cœur, et vous n'avez pas rejeté les prières de sa bouche *.

O jour de bonheur! jour éternel, consacré à la félicité de ma Patrie et au bonheur de ses enfans, je te salue !

---

* Ces deux versets sont tirés du Ps. 20, ℣ 1 et 2.

O jour heureux ! sois béni d'âge en âge, et dans les siècles des siècles !

Et vous qui, semblables aux fleurs du printemps, venez d'éclore à la vie, innocence, beauté, jeunesse, grâces naïves, et toi aimable adolescence! accourez, je vous appelle : venez, oh! venez tous, et partagez ma joie et ma sainte allégresse !

Le Ciel attendri par nos pleurs, le Ciel a exaucé nos vœux : un Prince, un ENFANT, Roi pour nos enfans, nous est donné en ce jour !

Qu'il grandisse pour la Sagesse, qu'il s'avance entouré de la sainte majesté des lois, et que chacune de ses années nous donne des fruits de justice et de paix, et le bon exemple, père des mœurs !

Que dans sa conduite et dans son cœur, éternellement soumis au Seigneur, et fidèle à Dieu, il réunisse les vertus avec la couronne de Saint Louis, ainsi que les respects et l'amour de tous les Peuples !

Qu'il soit, pour ma Patrie, consolée par sa

naissance, et comblée de joie en cet heureux jour; oh! qu'il soit comme Henri IV, le modèle des Rois; comme Louis XII, le Père du Peuple; et comme Stanislas, surnommé le Bienfaisant; qu'il ressemble enfin à CHARLES, à son bien aimé père!

Que la vive allégresse de tes enfans, ô ma Patrie! soit grande et pure! Que ta joie soit rayonnante sur tous les visages; qu'elle brille dans tous les yeux; qu'elle embrâse et vivifie à jamais tous les cœurs!

Il m'avoit été donné de ne vieillir que pour gémir et pour pleurer sur les malheurs de ma chère Patrie, et pour me lamenter sur ses pertes immenses! J'avois dit à mes larmes : VOUS SEREZ ÉTERNELLES * !

Mais le TRÈS-HAUT a dit à ma Patrie : Je veux sécher tes pleurs; il a dit à la veuve d'un Prince tendrement aimé : Je suis ton protecteur, ô CAROLINE!

---

* Voyez la note placée à la fin de ce Cantique.

Et JEHOVAH! l'Éternel, le Dieu des Rois et des Peuples, est devenu, du haut des Cieux, ton consolateur!

Le Seigneur, le Dieu des Nations, le Père des siècles, a déchiré lui-même, a enlevé de sa main consolatrice et toute-puissante, ce voile de deuil qui fut trempé des larmes d'un grand Roi et des pleurs de tous les François!

Dieu, l'Éternel, le Très-Haut a couronné ton front, ô CAROLINE! de la joie la plus sainte, et de l'allégresse la plus grande, ainsi que de la félicité la plus pure!

Et vous, jeunes Epoux, livrez vos cœurs aux plus doux et aux plus vifs transports. Un Prince, un nouvel HENRI nous est né.

Naissez, oh! naissez Enfans! et soyez plus nombreux que les gouttes de la rosée, ou que les rayons si purs du Soleil de justice!

Naissez, Enfans, oh! naissez pour partager ma joie, et cette mer de félicité qui, semblable à un nouveau déluge, a couvert toute la France, et rajeuni tous les cœurs !

Dieu ! quel étonnant témoignage de tes infinies bontés, et quel gage éternel de ton amour pour les Fils de SAINT-LOUIS !.....

J'ai vu ! oui, j'ai vu LA REINE DE TOUTES LES ADVERSITÉS * pleurer de joie !.....

En contemplant ce miracle de ta toute puissance, ô Dieu éternel ! j'ai oublié que j'avois des cheveux blancs, et, oubliant UNE LARME ÉTERNELLE ! j'ai vu mon front, et mes cheveux blanchis par les années, je les ai vus couronnés de fleurs !.....

Oui, j'ai vu la MAJESTÉ DU MALHEUR oublier trente années de chagrins ; Madame aussi, la Fille du ROI MARTYR, a pleuré !.... Elle a pleuré de joie !....

Et toi, nouveau Titus ! Nestor des Rois ! Heureux Monarque ; le Ciel t'a consolé ! Il t'a donné un successeur : il sera ton émule ;

* S. A. R. MADAME.

(9)

Il régnera sur la France, riche de tes vertus, grand par notre amour, et tout-puissant contre ses ennemis par notre fidélité.

O ma lyre! salue avec respect, avec vénération, un Roi, puissant par sa bonté, plus puissant encore par sa justice, et grand par sa sagesse!

O Prince aimé! Prince justement chéri!..... Charles-Philippe! PÈRE rendu au bonheur, et réconcilié avec la vie, Dieu lui-même t'a consolé.....

Et toi, Prince bien aimé! son digne fils, et son émule, tu étois enseveli dans la nuit de ton deuil; les larmes de Philippe, de ton inconsolable père, formoient devant tes yeux comme une mer sans rivages; soudain, à la voix de l'Eternel, ce fleuve s'est écoulé!.... Un Berry nous est né....

Dieu l'a permis, ô mon Roi! Dieu l'a voulu..... Cet Enfant, DON du Très-Haut, a essuyé, de ses mains innocentes, vos larmes amères.

Oh! qu'il ne soit plus, désormais, à sa vue et

à sa présence, répandu que des larmes de joie!

Enfin, ô mon Dieu! ta colère s'est appaisée; et nos larmes, portées par l'Ange des Prières jusques aux pieds de l'Eternel,

Nos larmes, semblables à une rosée céleste, et par le secours de JEHOVAH, nos larmes ont obtenu le Prince que Dieu nous a donné!

Larmes de joie, coulez de tous les yeux;

Et vous! Petits-Fils de nos Rois! dont la gloire nous appartient, et dont le courage nous a été un rempart et un bouclier; héros! dont les vertus nous ont enrichis, et consolés! Princes bien-aimés! (Maison d'Orléans, Maison de Condé)!.. déposez vos nombreux et immortels lauriers, couronnez-vous de fleurs!

Armée françoise! si illustre par tes exploits, si grande par ta sagesse, que tes héros se lèvent; et qu'ils se couronnent, au-lieu des lauriers qui ceignent leurs fronts couverts de nobles cicatrices, qu'ils se couronnent en ce jour de la joie de ma Patrie.

Et vous ! Splendeurs de la vertu [1], Majestés de la Victoire, Majestés du Génie [2], et vous aussi Majestés de la Justice [3] ! couronnez-vous de fleurs, et partagez ma joie!

---

[1] J'entends par ces mots, *Splendeurs de la vertu*, nos vénérables Prélats et les Curés, et par *Majestés de la victoire*, les Maréchaux de France et tous les Officiers supérieurs.

[2] Les Membres de l'Institut.

[3] Les Magistrats.

Note de la page 6.

Vous l'avez vu en juillet 1820 ! Avec quel essor souverain et radieux le Génie de la Liberté s'est élancé tout-à-coup de Madrid, où il règne entouré de la sagesse des Cortès, assis à la droite de l'héritier de Charles-Quint, d'où il se joue, en agitant et en élevant, à son gré, un sceptre formé de palmes et de lauriers cueillis dans toutes les parties du monde, et qui est obéi et respecté dans les deux hémisphères !

Le front de ce génie est couronné de soleils ; voyez avec quelle splendeur, avec quelle imposante majesté il

s'est élancé des bords où naissent le Tage, le Mançanarès'
l'Ebre et le Guadalquivir, pour se reposer sur le trône
de Naples, étonné de sa gloire, mais raffermi par sa
souveraine puissance. De là il s'est fixé encore une fois
dans la cité, reine des Rois!...

Du haut des sept collines, où pendant plusieurs siècles
il régna avec une puissance aussi étendue que la gloire du
nom romain, ce Génie, redevenu tout-puissant, étend ses
bras, et il les agite.....

A sa vue, tous les Princes et les Rois frémissent et
tremblent....; ils craignent que leurs trônes antiques,
ébranlés par sa présence, ne s'embrâsent, et ne dispa-
raissent consumés par le feu inextinguible de ses divins
regards!....

Le voici!.... il règne en-même-temps à Saint-Do-
mingue, à Washington et à Madrid!.... Il domine à
Stockholm, à Varsovie, à Bruxelles, à Edimbourg, à Lis-
bonne et à Dublin, ainsi que sur les louables cantons de
l'heureuse Helvétie; il siége à Rome, d'où il règnera sur
l'univers!

O Génie de la Liberté! puisses-tu ne régner sur ma
patrie, qu'entouré des plus grands hommes, et que par
les seuls enchantemens de leurs sages et salutaires con-
seils!

Viens, oh! reviens! Mais laisse loin, bien loin de ta

présence et la terreur, et la guerre civile et l'anarchie....

Commande aux orages qui te précèdent, et qui plus souvent te suivent, de ne plus t'accompagner; fais qu'ils ne ternissent plus ton éclat si vif, si pur!... Reviens, mais séparé pour toujours de ces tempêtes qui, pendant cinq lustres consécutifs, ont, en ton nom et sur tes pas, effrayé Paris, et menacé l'Europe !

Reviens, ô Génie de la Liberté! oh! reviens!... mais ne permets plus que ton souffle soit désormais, ainsi qu'il l'a été pendant si long-temps *, un vent de sédition, et ne répands plus dans les cœurs des peuples que tu daigneras honorer de ta présence, cet esprit de vertige et d'insubordination, qui les rend mutins, factieux, insensés, ambitieux-raisonneurs, et follement épris de tout ce qui n'est pas ancien !... Jette derrière tes pas l'étendard sanglant de l'insurrection; qu'il soit enfin déchiré et livré au flammes !...

Reviens! mais ne reviens, ô Génie de la Liberté! que séparé de ton exécrable cortége !...

(Extrait du Phare des Rois.)

« La liberté que les Princes doivent à leurs Peuples,

---

* A Rome, à Florence, à Varsovie, à Londres, à Dublin, à Édimbourg, à Bruxelles et à Paris, etc.

c'est la liberté des lois. Vous êtes, Sire (Louis XV enfant), le maître de la vie et de la fortune de vos sujets ; vous ne pouvez en disposer que selon les lois. Vous ne connoissez que Dieu seul au-dessus de vous, il est vrai ; mais les lois doivent avoir plus d'autorité que vous-même. Vous ne commandez pas à des esclaves, vous commandez à une nation libre et belliqueuse, aussi jalouse de sa liberté que de sa fidélité, et dont la soumission est d'autant plus sûre, qu'elle est fondée sur l'amour qu'elle a pour ses maîtres. Ses Rois peuvent tout sur elle, parce que sa tendresse et sa fidélité ne mettent point de bornes à son obéissance ; mais il faut que ses Rois en mettent eux-mêmes à leur autorité, et que plus son amour ne connoît point d'autre loi qu'une soumission aveugle, plus ses Rois n'exigent de sa soumission que ce que les lois leur permettent d'en exiger ; autrement, ils ne sont plus les pères et les protecteurs de leurs Peuples, ils en sont les ennemis et les oppresseurs ; ils ne règnent pas sur leurs sujets, ils les subjuguent ».

(Massillon, Petit Carême.)

(M. l'abbé Clary, mon vénérable ami, âgé de quatre-vingt-deux ans, m'a inspiré, par sa joie pure et sainte, et par sa vive allégresse, l'idée et le plan de cet Opuscule ! Je ne puis donc séparer son nom de ce Cantique).

FIN.

www.ingramcontent.com/pod-product-compliance
Ingram Content Group UK Ltd.
Pitfield, Milton Keynes, MK11 3LW, UK
UKHW020206080726
13614UKWH00006B/2660